LE SECRET

Alexandre Contart

DU MÊME AUTEUR

L'Emprise, 2019

Ad Vitam Æternam, 2021

Tu m'appartiens, 2022

Oui Monsieur, 2022

Comment débuter une relation D/s, 2023

Dévanillez-vous, 2024

Vlad, 2024

Le petit jouet, 2024

ISBN : 978-2-9585657-7-0

Version : 1.0 12.24

LE SECRET

LE SECRET

Les bars du centre-ville étaient en train de fermer. Les terrasses vidées avaient peu à peu rempli la rue de fêtards attardés et éméchés. Dorian agrippa son pote par le bras.

— On ne va pas rentrer maintenant !

— Laisse tomber, ça ferme, et puis je vais encore mettre trois jours à m'en remettre.

— Arrête, on n'est pas vieux à ce point. Tu verras, lundi, tu seras en pleine forme au taff. C'est pas un verre de plus qui va changer grand-chose.

— Ok, ok, lui répondit-il en abandonnant toute argumentation.

Dorian et lui ne sortaient plus assez pour ne pas en profiter pleinement quand c'était le cas.

Ils remontèrent la rue désertée peu à peu par les

fêtards qui avaient mis fin à leurs péripéties. Ils s'arrêtèrent devant une grande vitre d'un immeuble ancien qui permettait de voir l'intérieur d'un bar qui semblait transformé en discothèque. Les stroboscopes colorés éclairaient la rue frénétiquement, et la musique étouffée par les portes fermées semblait suffisamment forte pour que les hommes à l'intérieur se dévergondent autant. Le bar affichait clairement le drapeau LGBT et les hommes attroupés devant partageaient une cigarette, un baiser aussi fougueux qu'alcoolisé, une jeune femme qui riait un peu trop fort et des ragots aussi frais que brulants. Dorian arrêta son ami.

— Viens, on va ici se prendre une vodka.

— On va pas aller là, mec, dit-il surpris. C'est pas une vodka que tu vas prendre.

— Abuse pas. On rentre, on prend une vodka et on se barre après, si tu veux. Tu crois qu'il va t'arriver quoi ? dit-il en posant une main sur son épaule.

Il réfléchit un instant et l'alcool lui apporta une vision lumineuse de la situation. Il était trop fatigué pour argumenter, trop alcoolisé pour aller plus loin.

— Non, rien, t'as raison, c'est complètement con. Le bar a l'air cool, on prend un dernier verre et on rentre.

À l'intérieur, la fête battait son plein. La musique techno résonnait dans toute la longueur du bar où des serveurs volubiles faisaient danser les shooters et les coupes de champagne. Tout participait à oublier que demain, il n'y aurait pas de lendemain et que tout était permis tant que cela restait caché sous le sceau de la nuit.

Dorian se fraya péniblement un chemin jusqu'au bar sous les regards prédateurs de plusieurs hommes que l'alcool avait totalement désinhibés. Dorian ne leur prêta pas attention et se concentra sur un serveur avec une boucle au septum qui passait plus de temps à discuter avec les clients qu'à servir des verres. Il finit par prendre sa commande qu'il leur apporta avec un large sourire. La musique était forte, Dorian était à la limite de crier pour que son ami puisse l'entendre. Ils trinquèrent et il avala d'un trait son verre. L'alcool lui brûlait l'œsophage et il dut prendre une grande respiration pour continuer à garder son équilibre.

— Ça va, mec ?

— Oui, ça va, t'inquiète, lui répondit-il en tentant de maîtriser les expressions de son visage.

— Si t'es trop cassé, on y va, il n'y a pas de soucis.

— Non, je t'ai dit, ça va, j'ai juste un peu chaud. Je vais aux toilettes et je reviens. Tu restes sage !

— Ouais, ouais, c'est ça, je t'attends, mais traîne pas.

— Mais t'as peur qu'il t'arrive quoi ?
Dorian donna une tape sur l'épaule de son pote qui resta digne près du bar. Il se fraya péniblement un chemin à travers la salle en longueur jusqu'au pied d'un escalier qui montait et donnait accès aux

toilettes.

Il fit couler l'eau d'un robinet et aspergea son visage pour tenter de retrouver ses esprits. Il était à cette fine limite où il ne fallait pas dépasser le verre de trop, même si le demi verre qu'il venait d'ingurgiter était, lui aussi, de trop. Dans le miroir, il pouvait voir ses traits fatigués, mais toujours ce regard brillant. Cette soirée avec son meilleur ami lui faisait oublier sa routine et son quotidien qui parfois lui pesait trop. Son patron qui le mettait en permanence sous pression pour le pousser à la faute, ses parents qui préféraient les reproches aux encouragements, et sa femme avec qui il n'arrivait plus à se comprendre dans leur sexualité. Ce genre de soirée était devenu pour lui une nécessité s'il ne voulait pas sombrer dans la dépression d'une vie qu'il avait parfois du mal à supporter.

Un homme au visage anguleux le tira de ses pensées. Son regard était perçant et soutenu. Ses pupilles semblaient déshabiller tout ce qu'il regardait. Dorian, immobile, le laissa approcher si près de son oreille qu'il put lui murmurer :

— T'es super mignon, toi. J'ai vraiment envie de te sucer.

Dorian se redressa. Il se sécha le visage avec son avant-bras avant de se tourner vers cet homme pour lui répondre. Ses yeux croisèrent les siens et il fut surpris par autant d'assurance. Il s'était entendu lui répondre dans sa tête : « Non, ça va, mec, j'ai pas envie », mais en le voyant, il ne savait plus ce qu'il pensait. L'homme profita du silence pour revenir à la charge.

— Je suis sûr que t'as une belle queue en plus.

— Non, je...

Dorian bredouilla. Il n'avait pas l'habitude de ce genre d'invitation et ne savait pas comment y répondre. Il reprit et articula :

— Je… je suis pas gay, tu sais.

L'homme ne lui laissait aucune chance.

— Mais je sais que tu n'es pas gay, mon ex lui non plus ne l'était pas, mais là, je ne te demande pas si tu veux qu'on habite ensemble, je te propose de sucer ta queue parce que je te trouve super mignon, lui dit-il en reprenant son souffle dans un sourire.

L'homme fit un pas en avant, Dorian, troublé, ne savait pas comment réagir. Il hésitait à le pousser pour s'enfuir, mais quelque chose l'en empêchait. Bientôt, il fut si près de lui qu'il pouvait sentir son odeur. Sa main se posa sur l'entrejambe de Dorian qui tressaillit.

— Je vois que Monsieur est plutôt bien membré.

Dorian poussa sa main.

— Je t'ai dit que je n'étais pas gay.

— T'as pas besoin d'être gay pour que je te suce. Je suce aussi les hétéros, dit-il en souriant.

Il posa à nouveau sa main sur son sexe, mais cette fois-ci, Dorian ne la repoussa pas. Il sentait l'excitation monter, son sexe se gorger de sang ; une attraction magnétique qui ne lui laissait aucune pensée en tête à part l'envie de déboutonner son pantalon. Il n'eut pas le temps de le faire, l'homme en face de lui avait déjà commencé à retirer sa ceinture, et maintenant, il déboutonnait son pantalon. Dorian se laissa faire sans vraiment savoir pourquoi. Il n'avait jamais été attiré par les hommes auparavant, mais à cet instant, il avait envie de se faire sucer par cet homme qui avait à présent glissé une main dans son caleçon.

Il sortit son sexe qui commençait à être en érection. Il s'agenouilla devant lui et baissa un peu ses vêtements pour dégager totalement sa bite et ses couilles.

N'importe qui pouvait rentrer à tout instant, Dorian le savait, mais l'alcool altérait ses sens et sa vigilance. Il eut à peine le temps de balayer les toilettes d'un regard qu'il pouvait sentir des lèvres charnues envelopper son sexe. À genoux devant lui, il avait avalé son sexe tout entier et jouait avec sa langue pour le stimuler. Il ne fallut pas longtemps pour que le sexe de Dorian soit dur et qu'il laisse échapper un râle de plaisir qui résonna dans la pièce. L'homme avait posé ses mains sur les cuisses de Dorian pour s'appuyer et donner plus de force à son mouvement. Il le suçait avec vigueur, tantôt lui léchant les couilles jusqu'au bout du gland, tantôt le branlant avec fermeté et précision. C'était la première fois qu'il avait un rapport aussi intime avec un homme. Dans sa tête, il essayait de ne pas penser à ce visage d'homme qui le suçait avec ardeur. La culpabilité que sa queue soit dans la bouche d'un autre mec était plus importante que celle de tromper sa femme, même s'il devait désormais les porter toutes les deux.

Il essaya de se dégager, mais le plaisir que lui donnait cet homme qui le suçait toujours était si fort qu'il ne fît pas tout pour y arriver.

Un homme surgit en haut des marches et pénétra dans les toilettes. Il passa devant Dorian et l'homme en train de le sucer à genoux et ne sembla pas surpris. Il regarda la scène avec un sourire complice et se dirigea vers un urinoir. Il sortit également son sexe qu'il hésita à masturber, mais son envie était trop pressante et il se mit à uriner tout en les regardant.

L'homme à genoux s'arrêta pour lui dire :

— Arrête de gigoter, j'ai pas fini de sucer ta grosse queue.

Dorian ne répondit pas, mais s'exécuta. Il essayait d'esquiver le regard de l'homme qui avait terminé d'uriner. Il se dirigea vers le lavabo à côté de celui où Dorian était appuyé. Il fit couler de l'eau sur ses mains qu'il frotta, puis les secoua pour les égoutter. Son regard ne quittait pas l'homme à genoux et la queue de Dorian qu'il suçait avec gourmandise. Il pouvait sentir les lèvres appuyer avec force sur sa peau et ses veines. Son sexe était dur et tressaillait sous la fellation de cet homme inarrêtable.

L'homme qui s'était lavé les mains s'essuya sur son pantalon et finit par quitter les toilettes. Au moment où il sortit de la pièce, la bouche accéléra son rythme sur son sexe gonflé et Dorian agrippa plus fort le lavabo tout en jouissant et en éjaculant dans la bouche de cet inconnu. Il ne s'arrêtait plus, et malgré le sperme qui coulait le long de son menton, il ne voulait pas stopper ses va-et-vient. Dorian dut retenir un petit cri sourd qu'il transforma en une toux rapide et saccadée. L'homme se redressa, et debout face à lui, s'essuya le coin des lèvres en lui disant :

— Tu vois, pas besoin d'être gay pour que je te suce et que je te fasse jouir.

Son regard était plein d'arrogance et Dorian était bouleversé par ce qu'il venait de vivre, même si dans ce bar, la scène qui s'y était déroulée était aussi banale qu'habituelle.

Dorian remit son pantalon et, ne sachant que dire, lui posa la seule question qui avait une importance pour lui à ce moment :

— Tu t'appelles comment ?

— Je m'appelle Kriss, mais tout le monde m'appelle Kriss !

Près du bar, son pote avait fini son verre et son regard lui laissait comprendre qu'il avait été un peu long. Dorian prit les devants.

— Excuse-moi, mec, j'ai été long, mais j'ai été malade.

Il n'y avait pas de mensonge plus difficile que de sacrifier sa capacité à encaisser des verres pour dissimuler une pipe dans les toilettes par un mec qui s'appelait Kriss et qu'il ne reverrait probablement plus jamais.

— Ouais, pas de souci, je comprends. Je pense qu'il est l'heure de se rentrer de toute façon.

— Oui, on devrait y aller, je ne vais pas finir mon verre.

— Je le fais pour toi.

Il attrapa le verre de Dorian et avala le reste de vodka qui s'était mélangé aux glaçons qui, eux, avaient fondu. Dorian et lui quittèrent le bar péniblement et disparurent dans la nuit où leurs envies les plus sombres auraient dû rester enfouies.

*

Dorian regardait son assiette sans dire un mot. Il n'arrivait pas à sortir de son esprit le visage de Kriss en train de le sucer dans ce bar du centre.

Jusqu'à hier soir, il s'était toujours défini comme un homme hétérosexuel, mais aujourd'hui, il ne savait plus. Il aurait voulu en parler à Mathilde assise en face de lui, lui dire à quel point toute sa vie était remise en cause, mais c'était lui avouer qu'il l'avait trompée, et il en était hors de question. Leur vie de couple et leur mariage s'étaient peu à peu ancrés dans la routine, mais ils s'aimaient et Dorian n'avait jamais regretté la vie qu'ils menaient. C'est vrai que la passion des débuts avait peu à peu laissé place à de longues soirées télé, affalés sur le canapé, mais elle était toujours ce petit bout de femme qui faisait battre son cœur.

Kriss, c'était autre chose. Une créature de la nuit qui avait allumé une nouvelle partie de lui, de nouvelles envies, de nouveaux fantasmes. Il était l'homme qui avait mis un coup de pied dans toutes ses idées préconçues sur la sexualité. Dorian n'osait pas parler, mais le plus difficile pour lui ce midi, c'était d'assumer qu'un homme lui avait donné du plaisir et l'avait fait jouir.

— Ça n'a pas l'air d'aller, chéri ? Tout va bien ? demanda Mathilde.

— Oui, oui, ça va, j'ai un peu mal à la tête, mais ça n'est pas étonnant après la soirée qu'on a passée hier. J'attends que le Doliprane fasse effet.

— Je n'aime pas trop quand vous sortez tous les deux comme ça et que vous buvez autant. T'es rentré super tard, j'étais tellement inquiète.

— N'exagère pas, je ne suis pas non plus rentré ivre mort, on a juste fait un peu la fête. Ça faisait super longtemps qu'on ne s'était pas vus.

— Ça n'est pas une raison, lui répondit-elle. Tu t'es mis dans le lit, tu as ronflé direct. Sans oublier l'odeur de clopes, tu m'as fait la totale.

— Je suis désolé, chérie, je croyais que tu dormais et je ne voulais pas te réveiller.

— Bien sûr que non, je ne dormais pas. Tu ne

te doutais pas que je t'attendais ?

Dorian resta silencieux. Il aurait voulu balayer cette discussion d'un revers de la main. Il s'imagina lui dire ce qu'il avait vraiment sur le cœur : « Hier, je me suis fait sucer par un mec dans un bar, j'ai éjaculé dans sa bouche et ça m'a fait un bien fou. On ne baise plus, toi et moi, on ne se comprend plus. On s'occupe de tout, mais plus de nous. Tu me fais des reproches à longueur de journée alors que j'ai juste envie qu'on baise plus souvent. Je ne suis pas parfait, mais arrête de me tenir toujours responsable de tous tes soucis. J'ai envie de t'aimer, mais toi, tu cherches un responsable. J'ai envie de retrouver nos ébats du début, ceux où tu rigolais quand je t'embrassais dans le cou. Où est passée la légèreté de nos soirées, quand tu venais te blottir sur moi et que ma main glissait sous ton pull ? Je veux te faire l'amour parce que tu le réclames, et non parce que je te supplie. Je veux que tu me voies comme une solution et plus comme un problème. Je veux que tu redeviennes mon fantasme et que tu me fasses oublier cet homme qui, dans mon esprit, a pris ta place. »

— Dorian, ça va ? demanda Mathilde. T'as l'air ailleurs.

— Ça va, j'ai pas très faim ce midi. J'ai l'estomac qui tourne. Je sais, je n'aurais pas dû boire autant. Je vais m'allonger un peu dans le canapé.

— Tu ne restes même pas à table avec moi ?

— Je t'ai dit que je n'allais pas bien, je vais m'allonger.

Dorian quitta la table, traversa le salon et alla s'allonger sur la méridienne du canapé que les rayons du soleil avaient réchauffé. Il tira sur lui un plaid et ferma les yeux.

Le visage de Kriss le hantait. Son sourire et son assurance avaient eu raison de son arrogance d'hétéro. Pour la première fois de sa vie, il n'avait pas su quoi répondre. Il s'était laissé faire, et maintenant, il ne savait plus que penser. Une profonde tristesse l'envahissait peu à peu et il ne savait pas pourquoi. Il aurait bien voulu se cacher derrière le prétexte de l'alcool et de sa gueule de bois, mais il savait que le mal qui le rongeait était plus profond. Il savait qu'il n'était pas gay. Il n'avait jamais regardé un homme ni même imaginé avoir un rapport, mais Kriss l'avait sucé et désormais, il ne pouvait plus agir comme si rien ne s'était passé. En s'endormant sur la méridienne, il se jura que cela ne se reproduirait plus et que s'il était capable de garder ce secret, personne n'en saurait jamais rien et sa vie finirait par reprendre un cours normal.

*

Tous les mardis matin, Dorian avait le même rituel. Il se faufilait hors du lit en prenant soin de ne pas réveiller Mathilde, puis allait enfiler un vieux jogging gris. Il se rendait dans la cuisine où il préparait un shaker de protéines qu'il venait ranger dans un sac Nike noir. Dans ce sac, il avait préparé sa tenue pour la journée qu'il porterait après sa séance de sport.

C'était devenu une routine qu'il attendait avec impatience. Au milieu des machines, il retrouvait de rares habitués matinaux qui aimaient profiter du calme du lieu. C'était pour lui l'endroit idéal pour se vider l'esprit et ne penser à aucun des soucis qui bâtissaient son quotidien.

Il suivait un programme qu'il avait lui-même élaboré en ingurgitant une cinquantaine de vidéos d'un coach sportif sur YouTube. C'était son jardin secret, sa parenthèse, et malgré l'heure matinale, il savait donner à cet instant sa juste valeur.

Allongé sur un banc, Dorian attrapa la barre métallique au-dessus de lui et commença à la soulever. L'échauffement était léger et il ne cherchait pas à se blesser. Au bout d'une dizaine de répétitions, il se redressa, but une gorgée d'eau et balaya la salle d'un regard. Une silhouette près de la zone cardio le stoppa net.

Il ne savait pas si ce qu'il voyait était réel, mais Kriss était là, en plein effort sur un elliptique. Un frisson parcourut tout le corps de Dorian. Il était pétrifié et sentit son cœur s'accélérer dans sa poitrine. Il ne savait pas comment réagir, comment se comporter. Devait-il prendre les devants et aller le saluer ? Le laisser faire le premier pas ? Le saluer de loin ou totalement l'ignorer ? Pour l'instant, il était loin de lui et ne l'avait pas remarqué. Il hésita même à s'enfuir discrètement, mais il avait reconsidéré ce choix. Il était hors de question qu'il doive fuir cet endroit qu'il appréciait et cet entraînement qu'il attendait chaque semaine.

Il se leva et se dirigea vers une machine qui permettait de travailler les biceps. Il déposa sa serviette, s'assit et commença une série de répétitions. Kriss était en train de descendre de sa machine. Il s'essuya le visage avec une serviette et se dirigea vers la zone où s'entraînait Dorian. Quand il s'en aperçut, son rythme cardiaque s'accéléra tellement qu'il pouvait sentir battre sa carotide. Il passa devant lui sans lui adresser un seul regard. Il alla s'asseoir sur un banc un peu plus loin et commença à utiliser des poids libres.

Dorian n'était pas soulagé pour autant. Après la peur de le revoir, il était presque vexé que Kriss l'ait totalement ignoré. Il était mince et élancé, son visage anguleux respirait l'assurance. Un débardeur ample, des baskets blanches et un short qui moulait ses fesses. Il était comme dans son souvenir : une créature irréelle dont on ne pouvait détourner le regard. Dorian peina à terminer sa séance, mais il finit par quitter la salle et regagner les vestiaires sans que leurs regards se croisent. Il n'osa pas faire le premier pas, il ne savait plus quoi penser.

Il sortit son sac de son casier, attrapa une serviette de bain qu'il noua à sa taille et se dirigea vers les douches. Il ne devait pas tarder s'il voulait être à l'heure au travail. Après la séance, l'eau chaude délassait ses muscles et dans ces douches désertes, il aimait prendre son temps.

Un bruit attira son attention. Dans la douche d'en face, Kriss avait commencé à faire couler de l'eau et se savonnait tout en le regardant. Dorian, surpris, ne se déroba pas à son regard tant il était beau et magnétique. Son corps était harmonieux, la peau halée, et son sexe large et au repos pendait entre ses jambes. Il commença à le caresser doucement sans quitter Dorian du regard. L'eau brûlante qui coulait sur eux dégageait une vapeur chaude qui entourait leurs corps. Kriss le prit finalement entièrement dans sa main et commença à se masturber avec application. Dorian était incapable de réagir, mais son corps le trahissait et il pouvait sentir son sexe se gonfler petit à petit. Le sexe de Kriss était lui maintenant bien dur, et sa main qui le tenait fermement allait et venait de la base de ses couilles jusqu'à la pointe de son gland. L'eau ruisselait sur sa queue et il la branla avec de plus en plus de vigueur. Dorian était absorbé par le spectacle et, sans s'en rendre compte, caressait également son sexe. Celui-ci devenait à son tour de plus en plus dur et il se branla à son tour. Toute cette scène lui semblait tirée d'un rêve, déconnecté de toute réalité, mais son corps réclamait de vivre cette excitation. Il ne pouvait échapper à cette excitation qui le faisait irrémédiablement bander.

L'eau dans la douche de Kriss s'arrêta, et il se dirigea d'un pas assuré vers celle de Dorian qui coulait encore. Arrivé près de lui, il posa une main sur son torse et descendit doucement jusqu'à la base de son sexe. Dorian, la bouche entrouverte, aurait voulu prononcer un mot, mais cette sensation d'excitation mêlée à la singularité de l'endroit l'en empêchait. Kriss s'approcha encore plus près de lui, tenant sa queue et bientôt pouvant sentir son torse sur le sien. Il s'immobilisa, le regarda avec une profonde intensité et prit sa bouche dans la sienne pour lui donner un baiser à la fois tendre et passionné. Dorian pouvait sentir sa langue, sa bouche humide, ses lèvres douces. Il ferma les yeux pendant que Kriss continuait de le branler.

La main de Dorian se risqua à son tour à découvrir le corps de cet homme qui l'embrassait avec une délicatesse féminine insoupçonnée. D'abord son torse, puis sa main glissa sur ses fesses rebondies qu'il agrippa. Sentir la main de Dorian sur son cul donna une décharge électrique qui parcourut le corps de Kriss jusqu'au bout de sa verge. Il se recula et le regarda dans les yeux. Dorian était hypnotisé. La main de Kriss sur son sexe était à la fois ferme et langoureuse. Dorian commença à lui caresser l'entrejambe avec timidité et curiosité. Il savait branler un sexe et la sensation de tenir dans sa main un autre sexe que le sien était aussi nouvelle qu'excitante. Il pouvait voir sur le visage de Kriss le plaisir qu'il ressentait à chaque va-et-vient qu'il lui donnait. Sa bouche s'ouvrait comme pour avaler une queue imaginaire qu'il ne pourrait s'empêcher de sucer. Dorian l'embrassa avec passion tout en tenant vigoureusement son sexe. À ses va-et-vient, Kriss répondait en le branlant plus ou moins fort. Kriss lâcha son sexe et se mit à genoux pour gouter sa queue. Il n'en pouvait plus, il voulait le sucer, le lécher et sentir sa veine gonflée sous ses lèvres. Dorian bascula contre le mur, surpris par cette fougue. Il sentait son sexe avalé, cette bouche l'envelopper totalement et aller et venir sans que rien puisse l'arrêter. Tout en le suçant, Kriss attrapa son sexe et commença à se masturber. Il sentait que l'orgasme arriverait rapidement, tant l'idée de jouir dans cette douche avec ce beau mec l'excitait. Dorian se retenait de ne pas jouir, les coups de langue de cet homme étaient dangereux. Il posa sa main sur sa tête pour accompagner le mouvement, mais Kriss finit par se reculer et se relever. Il tenait fièrement son sexe. Il invita Dorian à s'approcher. Il passa derrière lui et d'une main attrapa le sexe de Dorian qui pouvait sentir le sien coincé entre ses fesses. Kriss le masturba avec plus de vigueur, il entendait sa respiration se saccader et savait qu'il était sur le point de jouir. Son corps tremblait imperceptiblement et ses jambes se raidissaient de plus en plus.

Il accéléra le mouvement et Dorian ne put retenir un orgasme puissant qui le fit éjaculer avec force. Le sperme coula le long du gland jusque sur la main de Kriss qui était encore plus excité.

Toujours dans son dos, il prit son sexe qu'il branla à son tour. Il était si gonflé qu'il commençait à lui faire mal. De l'autre main, il pouvait caresser les fesses de Dorian qu'il aurait aimé croquer s'il avait eu plus de temps, mais le plaisir était compté et il était sur le point d'éjaculer. Il s'agrippa à la taille de Dorian et, dans un bruit rauque, il jouit. Le sperme gicla sur les fesses qu'il tenait fermement d'une main et coula le long de sa jambe. Kriss poussa un souffle lent qui indiquait que le plaisir était irrépressible. Dorian posa une main contre le mur pour se tenir, et de l'autre, il appuya à nouveau sur l'interrupteur qui fit couler de l'eau brûlante sur les deux hommes. Dorian se tourna pour faire face à Kriss qui le plaqua contre la paroi de la douche. Il l'embrassa une dernière fois avant de lui sourire. Il retourna à sa douche où il se savonna rapidement puis disparut dans le vestiaire.

Quand Dorian pénétra dans la pièce où il avait laissé son sac, Kriss l'interpella.

— Cette fois-ci, tu ne vas pas t'enfuir, j'espère.

— Je ne me suis pas enfui, lui répondit-il, surpris.

— Pourtant, tu es parti juste après sans me dire au revoir, ça n'est pas très poli tout de même.

— On était fatigués avec mon pote, je ne pensais pas que…

— Pour la peine, tu vas devoir me laisser ton numéro de téléphone, comme ça, je saurai où envoyer un message si je m'inquiète.

— Euh, je suis pas sûr que…

Dorian planait encore sous les endorphines qui avaient lâché en lui l'orgasme sous la douche. Il venait de tromper sa femme pour la deuxième fois, il bandait encore un peu, Kriss était beau avec sa serviette autour de la taille, et il ne savait pas pourquoi, mais il allait lui laisser son numéro de téléphone.

— Tu n'es pas sûr de quoi ? Tu as oublié ton numéro ? dit-il avec un sourire narquois.

Il lui tendit son téléphone.

— Tu n'as qu'à le mettre ici et peut-être que la prochaine fois, on pourra mettre autre chose, lui lança-t-il.

— Je te l'ai dit pourtant, je ne suis pas gay. Les mecs, c'est pas mon truc. Ça sert à rien que je te laisse mon numéro.

— Moi non plus, je ne suis pas gay, t'inquiète pas. On s'en fout si t'aimes la queue. Et puis, sucer un pote, c'est pas bien grave, dit-il en riant. La prochaine fois, on pourra peut-être faire notre séance de sport ensemble ?

— Pourquoi pas, oui, on pourrait faire ça.

— Mais tiens, prends mon téléphone et laisse-moi ton numéro, on ne sait jamais après tout.

Dorian prit le téléphone et nota son numéro. Il prit également le temps de noter son prénom avant de lui rendre.

— Dorian ? C'est beau comme prénom, ça fait très anglais, je trouve. On dirait un prénom de Lord.

— Pourtant, je n'en suis pas un, tu sais.

— Mais alors, qui es-tu, Dorian ? Je trouve que c'est quand même assez surprenant que nos vies se croisent de la sorte.

— Je ne sais pas, dit-il timidement.

— Moi, je crois aux signes et à la magie des hasards. Je t'ai sucé deux fois en trois jours, c'est bien plus qu'une coïncidence, tu ne crois pas ?

— Oui, c'est vrai que c'est assez surprenant, je dois l'avouer.

Dorian finit de s'habiller et quand il fut prêt, il lui dit :

— Bon, j'y vais, c'était… euh… je veux dire dans les douches… peut-être qu'on peut dire qu'il ne s'est rien passé, si ça te va. Si tu veux, on fera une séance ensemble la prochaine fois, entre potes, si t'es ok.

— Oui, entre potes… répondit Kriss qui le

regardait partir dans ses incertitudes et ses questionnements.

*

Pendant la réunion de 15h30, à la station-service, devant la machine à café, en train de repasser une chemise, sous la douche, en train de faire des crêpes, il n'y avait pas un instant où le visage de Kriss ne traversait pas les pensées de Dorian. Depuis la salle de sport, quelque chose avait changé en lui. La culpabilité avait laissé la place à un sentiment de joie qu'il n'avait plus ressenti depuis longtemps. Il aurait voulu le crier autour de lui, mais il n'osait en parler à personne. Il avait bien envisagé de se confier à sa sœur, mais il se voyait mal lui avouer qu'il avait eu des rapports avec un homme. Il n'était définitivement pas gay, mais c'est ce à quoi il serait assimilé si on ne devait s'en tenir qu'aux faits.

Il devait garder toutes ces nouvelles émotions au

fond de lui, mais un nouveau souffle lui donnait à nouveau envie d'exister et de profiter des plaisirs qui s'offraient à lui.

Le jeudi suivant, il prit rendez-vous chez le coiffeur. Le vendredi, il fit un peu de shopping pour remplacer de vieux vêtements qui ne le mettaient plus en valeur.

Le samedi soir après le dîner, Mathilde et lui s'installèrent dans le canapé pour regarder la télévision. Elle était toujours aussi belle, et malgré tout ce qui était arrivé récemment dans sa vie, il la désirait toujours autant. Kriss avait ranimé sans le savoir la flamme du désir qui était sur le point de s'éteindre. Dorian s'était surpris à découvrir qu'il avait encore une libido et que cette dernière fonctionnait même très bien. Galvanisé par cette énergie érotique, il imagina sa femme se dévêtir et venir entre ses cuisses. Il pensa à la retourner sur le canapé, à la pénétrer, à la lécher ou encore à la doigter. Lui donner autant de plaisir qu'elle en avait eu quand la passion faisait encore vibrer leur couple. La faire jouir et l'entendre crier comme elle ne le faisait plus depuis longtemps.

Il s'approcha d'elle et l'embrassa dans le cou, sans prêter attention au programme sur l'écran.

— Tu fais quoi ? Attends, j'arrive pas à écouter, dit-elle en le repoussant doucement.

— Moi ? Mais je ne fais rien.

Il continua à l'embrasser en la goûtant des lèvres avec une sensualité qu'ils n'avaient plus depuis un bon moment.

— Non, s'il te plaît, arrête, lui demanda-t-elle, gênée.

— Pourquoi arrêter quand c'est bon ? Tu n'aimes pas quand je t'embrasse ? demanda-t-il sans s'arrêter.

— Si, j'aime bien, mais en ce moment, je n'ai pas la tête à ça.

Dorian marqua une pause, étonné de sa réponse.

— Comment ça, tu n'as pas la tête à ça ?

— En ce moment, ça ne va pas trop au boulot, tu le sais, je suis un peu sur les nerfs.

— Laisse-moi te détendre alors… lui dit-il tout en essayant de l'embrasser à nouveau.

Mathilde s'écarta.

— Non, vraiment, je t'ai dit que je n'avais pas la tête à ça. En plus de ça, je suis crevée et je suis en plein SPM. Vraiment, c'est pas le moment.

Dorian se redressa, vexé d'être repoussé de la sorte.

— Chérie, ça va faire maintenant un mois qu'on n'a pas couché ensemble. Ça commence à faire long, tu sais.

— Il n'y a pas que le sexe dans la vie…

— Arrête, t'exagères là. Ça me parait un peu normal qu'au bout d'aussi longtemps, je réclame un peu. De toute façon, tu as toujours une bonne raison. Je vais finir par croire que ça ne te plaît pas avec moi.

— Ça n'a rien à voir, répondit-elle, agacée. Et puis, ce n'est pas parce que tu en as envie que je suis obligée d'en avoir envie aussi. On n'est juste pas synchros, voilà tout.

— Pas synchros ? Tu te moques de moi, en fait.

— Non, pas du tout. En ce moment, je suis à cran, je te l'ai dit. Je n'ai pas la tête à ça, tu pourrais me respecter un peu.

— Mais je te respecte, Mathilde, dit-il en haussant le ton. Je te respecte tellement que depuis un mois, j'attends comme un con de pouvoir avoir un rapport sexuel avec ma femme, et toi, tu as toujours une bonne raison pour m'éviter. Est-ce que tu vois quelqu'un ? Est-ce que je ne te plais plus, tu ne me désires plus ? T'es en train de me rendre fou.

Mathilde regardait Dorian s'énerver de plus en plus, ne comprenant pas son mal-être et le naufrage imminent de leur intimité. Elle reprit :

— Tu racontes n'importe quoi, je te l'ai dit, je n'ai pas la tête à ça en ce moment. Merde ! Tu pourrais me respecter un peu !

Elle se leva pour mettre de la distance entre eux avant de reprendre :

— Pourquoi tu me fais toujours des reproches ?

Tu pourrais essayer d'être plus compréhensif !

Dorian tenta de se radoucir. Il voulait coucher avec elle, et non se disputer.

— Je suis compréhensif, chérie, mais à un moment, j'ai besoin de sexe, j'ai envie qu'on baise, j'ai envie de cul, qu'est-ce que tu ne comprends pas là-dedans ? Dis-moi ?

— De toute façon, t'es comme tous les mecs, tu ne penses qu'avec ta bite.

— Laisse tomber, tu ne comprends rien du tout.

Dorian se leva et la regarda avec tristesse.

— Termine ton programme, moi, je vais me coucher, j'en ai marre de lutter.

La porte de la chambre claqua et Dorian s'allongea sur le lit. Il ne comprenait pas ce qui n'allait plus entre eux. Leur vie était devenue tout sauf ce qu'il avait imaginé, et puis il y avait Kriss. Cette rencontre fortuite qui avait changé la donne. Cette nouvelle énergie qui donnait à Dorian la force de s'affirmer dans son rapport au sexe. Il voulait sa femme, mais il comprenait à présent qu'il y avait un problème plus profond que cela. Peut-être passait-il à côté sans s'en rendre compte. Mathilde était restée dans le salon et il savait qu'elle ne viendrait pas le rejoindre tout de suite. Il voulait sa femme, elle lui offrait une colocataire. Peut-être fallait-il qu'il l'aide plus qu'il ne le faisait à présent, mais il ne savait pas comment s'y prendre ni par où commencer. Malgré tout, le visage de Kriss traversait ses pensées, ravivant la culpabilité de l'infidélité et le déni de ses fantasmes. Il pouvait sentir son sexe se gonfler rien qu'à l'évocation mentale de ce qu'ils avaient déjà pu faire. Il se mit sous la couette et commença à se masturber.

Il imaginait les mains de Kriss parcourir son corps, mais également sa femme les rejoindre pour les sucer tour à tour. Il se sentait sale d'avoir de telles pensées, mais l'excitation était violente et son sexe maintenant dur ne voulait pas que tout cela s'arrête. Il imaginait la bouche de Kriss, puis la bouche de sa femme, tour à tour sur sa verge. La culpabilité atteignit son paroxysme quand il se surprit à être excité à l'idée de prendre le sexe de Kriss dans sa bouche. Il avait envie de le prendre entièrement dans sa bouche et de le sucer langoureusement. Mathilde, pendant ce temps, aurait commencé à lui lécher les couilles. Il n'eut pas le temps d'aller plus loin dans son fantasme. Il était sur le point de jouir. Il remonta son tee-shirt pour pouvoir éjaculer sur son ventre. Un frisson parcourut son corps, une vague chaude crispa ses muscles et le sperme gicla sur son ventre, coulant sur son nombril et sur ses flancs. Il attrapa des mouchoirs en papier pour essuyer tout cela et tenta de balayer de son esprit toutes ces images qui l'avaient excité comme jamais auparavant.

Il n'entendit pas Mathilde se glisser sous la couette plus tard dans la nuit. Ses ronflements témoignaient du profond sommeil dans lequel il était tombé.

Le lendemain matin, Mathilde s'éclipsa vers 10h30

pour aller bruncher avec sa meilleure amie. Elles ne se voyaient pas tous les dimanches, mais il y avait l'urgence pour Mathilde d'être écoutée à défaut d'être entendue.

Le petit bandit était spécialisé dans les vins bio, les œufs brouillés au lard et les jus détox. Clara avait composé son assiette sur la base d'une colorimétrie précise où le vert de la salade devait s'équilibrer avec le brun de ses toasts et le jaune de ses œufs. Une coupe de bulles jugeait fort le jus de carottes de Mathilde. Elle but une gorgée pétillante avant de s'adresser à elle :

— Plus rien depuis un mois ?

— Oui, je sais, c'est long, mais en même temps, ça n'est pas ma faute, lança-t-elle comme une bouteille à la mer.

— Bien sûr que c'est pas ta faute, déjà avec ton patron qui te met la pression toute la semaine, à ta place, j'aurais déjà pété un câble.

— Le pire, c'est le soir à la maison. J'ai l'impression de revivre toujours la même chose.

— Comment ça ? demanda Clara qui trempait une mouillette dans un œuf à la coque.

— Niveau cul, c'est le désert. Ça fait un mois qu'on couche plus ensemble, et je sais que c'est ma faute, mais je n'y arrive plus.

— Il s'est passé quelque chose ? T'as eu un souci ?

— Non, c'est pas un souci, mais j'en ai marre, j'en peux plus. Je m'ennuie au lit. Maintenant, j'appréhende le soir quand il s'approche de moi, je sais que ça va commencer par un bisou dans le cou, une main sur mes seins, une main sur le sexe, levrette, missionnaire et fin du spectacle. J'ai l'impression de revivre en boucle une mauvaise scène d'un mauvais film.

— J'imagine qu'il ne te fait plus jouir.

— Ça fait un moment que je n'ai pas eu un orgasme. J'ai même du mal à me souvenir de la dernière fois.

— Tu me dis tout ça parce que tu vas m'apprendre dans deux secondes que t'as un amant ?

— Mais non, pas du tout, malgré tout ça, je l'aime et j'ai pas envie d'aller voir ailleurs, mais j'ai envie de vivre.

— Tu veux vivre ? Tu veux quoi ?

— J'ai envie qu'il me surprenne. Je sais pas, par exemple, qu'on parte en week-end. Qu'il me prenne en levrette dans l'ascenseur de l'hôtel. Qu'on essaie des jouets ensemble, qu'on matte un porno, je sais pas, un truc fou, j'ai envie de me dire que ma vie, c'est pas juste Netflix et une baise vite fait où je mouille à peine.

— Clairement, t'as raison. Faut vivre et faut profiter.

— Y a plein de trucs que j'ai envie de faire dans ma vie et j'ai l'impression qu'il ose pas, qu'il s'intéresse pas. Je trouve qu'on n'est pas connectés et j'arrive pas à trouver de solution.

— Tu lui en as déjà parlé ? répondit Clara. Je pense que ce serait un bon début, non ? Tu devrais prendre les devants. Après tout, s'il ne fait rien, tu ne vas pas attendre la séparation.

— À chaque fois qu'on parle, il ne comprend rien. Je ne sais vraiment plus quoi faire.

— Fais comme moi, trouve-toi un amant ou regarde du porno.

— Tu crois que je t'ai attendue ?

— Ah oui ? dit-elle le regard complice et suspicieux.

— J'adore regarder des vidéos de mecs ensemble, répondit-elle en baissant la voix et en s'assurant que personne ne l'entende.

— J'aime bien aussi.

— Je deviendrais dingue si je pouvais faire un plan à trois avec deux hommes, mais Dorian va me prendre pour une folle.

— Tu devrais tellement lui en parler, bébé.

— Et je lui dis quoi ? J'ai envie que tu me baises, j'ai envie que tu m'emmènes en week-end, au restau…

— Déjà, commence par lui proposer un restau, ça sera bien.

*

Mardi matin, Dorian était impatient de retourner à la salle de sport. Il avait attendu ce moment toute la semaine. Il espérait secrètement que Kriss soit là à nouveau. Il ne voulait pas se l'avouer, mais il avait envie de sexe avec lui sous la douche, et depuis la semaine dernière, il avait pris beaucoup de temps à penser à tout ce qui s'était passé. Il savait que ce n'était pas correct vis-à-vis de sa femme, mais il allait mettre un terme à tout cela. Il allait dire à Kriss qu'il ne pourrait pas continuer comme cela et qu'il devait se concentrer sur son couple. Il lui dirait qu'il s'est laissé surprendre par une pulsion, mais que maintenant, tout devait s'arrêter et qu'il devait continuer sa vie avec sa femme. Il ne pourrait continuer à le voir en secret, mais avant cela, ils devraient sûrement baiser à nouveau ensemble pour réellement clôturer cette aventure.

Dorian traversa le plateau de musculation et

commença ses exercices. Il scrutait tout autour de lui, cherchant la silhouette élancée de Kriss et son sourire qui hypnotisait.

Il enchaîna les exercices, mais à la fin de sa séance, il dut se rendre à l'évidence : Kriss ne viendrait pas. Il était déçu, persuadé qu'ils allaient se revoir et qu'il ne pouvait en être autrement. La journée qui suivit fut morne et morose. Il réalisait qu'il n'avait pas pris son numéro et que revoir cet homme aujourd'hui avait plus d'importance qu'il ne l'avait imaginé. Le sentiment qu'un autre homme puisse lui faire ressentir ça était très étrange. Tout au long de sa vie, cela n'avait été produit que par des femmes. Il n'arrivait pas à savoir ce qui l'attirait autant chez lui. Son arrogance ? Son pouvoir sexuel ?

Dorian rentra chez lui, abattu par une journée pleine de désillusions. Vers 20h, il reçut un message.

—J'espère que tu t'es bien entrainé aujourd'hui ! J'adore les gros pecs musclés ! Kriss -o-

Il regarda son téléphone, puis autour de lui dans la pièce. Mathilde n'était pas encore rentrée, mais à la seule lecture de son prénom, la culpabilité s'était emparée de lui et la peur d'être découvert dans son infidélité venait de surgir.

— J'aurais mieux travaillé si tu avais été là.

Dorian hésitait à envoyer ce message, il essayait de rester honnête avec lui-même.

Putain, mais je flirte carrément avec lui ! Je ne peux pas lui répondre.

Il effaça le message et en tapa un nouveau.

— Salut Kriss, ce matin super séance, 80 kg développé couché. La prochaine fois, si tu veux, on s'entraîne ensemble.

Voilà, c'est beaucoup mieux, c'est plus viril, plus carré.

Il n'eut pas à attendre longtemps pour avoir une réponse.

— La séance, c'est bien, mais je préfère les douches. Si tu veux, on peut se voir chez moi, et à défaut d'une douche, on peut boire un verre ?

Dorian regardait le téléphone, perplexe. Il y avait

une différence entre se croiser « par hasard » à la salle et aller chez lui. La première hypothèse restait le fruit d'une coïncidence, alors que la seconde trahissait une préméditation.

Non, il faut que j'arrête tout ça. C'est plus possible, se dit-il dans un éclair de lucidité.

Tant pis, là ça va trop loin, je vais juste lui dire que je suis marié et on en reste là. De toute façon, ça n'a jamais été nulle part, et ça n'ira jamais nulle part. Je fais quoi, moi ? Je suis amoureux de ma femme, je fais n'importe quoi.

— Merci, mais je ne vais pas pouvoir venir. C'était cool quand on s'est vus, mais je suis marié et je suis bien avec ma femme. J'espère que tu me comprends. Je suis désolé.

— Si tu savais le nombre d'hétéros en couple qui se font sucer par des mecs, tu serais surpris. Je savais que t'étais marié, mais who cares ? Tu passes quand boire un verre ?

Dorian était plein d'hésitations. Il savait que s'engager sur cette route était dangereux pour lui et pour son couple, mais c'était le danger qui l'attirait. C'était Kriss et ses lèvres sur sa queue qu'il n'arrivait pas à faire disparaître de son esprit.

De toute façon, autant mettre les choses à plat. Je passe le voir, et comme ça, on pourra parler et mettre un terme à tout ça. Je ne finirai pas ça par message.

— Demain, je peux passer pour qu'on parle, mais je ne resterai pas longtemps. Donne-moi ton adresse, stp.

— Si tu veux parler, on peut parler aussi, après tout, je peux faire autre chose de ma bouche que sucer.

*

Le lendemain soir, Dorian envoya un message à Mathilde.

— Je rentrerai tard ce soir, j'ai une urgence au bureau, on doit boucler un dossier. Je suis désolé, ma chérie. <3

— Je t'attends pour manger ?

— Non, je rentrerai trop tard.

Il rangea son téléphone dans sa poche et sonna à l'interphone que lui avait indiqué Kriss.

L'ascenseur le conduisit jusqu'au quatrième étage d'un bel immeuble cossu du centre-ville. Il l'attendait sur le palier et l'accueillit chez lui.

Il l'invita à s'asseoir sur le canapé.

— Je sais que tu veux parler, mais on pourrait aussi prendre un verre en même temps, tu ne crois pas ?

— Oui, je veux bien, finalement, répondit Dorian avec hésitation.

— Tu voulais qu'on parle de quoi alors ?

— Comme je te l'ai dit, j'ai une femme et il faut que tout ça s'arrête. Je n'ai pas envie de gâcher ma relation…

— Pourtant, tu viens jusqu'ici.

— Ça ne veut rien dire, je voulais mettre les choses au point.

— Arrête de vouloir nier. Après tout, c'est quoi le problème si t'as envie de sucer une queue ? Ça fait chier qui ? Ta femme ? Mais le problème, c'est qu'elle aura jamais une bite entre les jambes, et si c'est ce que t'aimes, tu ne pourras pas faire autrement.

En entendant ces mots, Dorian pouvait sentir le désir l'envahir lentement. Kriss poursuivit tout en s'asseyant à côté de lui.

— Et puis, entre potes, on peut se sucer, on s'en fout, c'est ok.

Il avait sa main sur son entrejambe qu'il avait commencé à caresser doucement.

Dorian le regardait fixement, n'osant pas dire un mot. Il agrippa son sexe à travers son pantalon qui, en se serrant, en définissait la forme. Il était long et large alors qu'il n'était pas totalement excité. Tout en ne le quittant pas du regard, Kriss commença à déboutonner son pantalon. Il prenait le temps nécessaire pour que Dorian puisse, s'il le souhaitait, mettre un terme à cela en se manifestant, mais s'il ne disait rien, alors il poursuivrait. Il sortit son sexe de son boxer et commença à se masturber devant lui sans la moindre gêne. Il aimait être regardé autant qu'il aimait sucer. Dorian ne quittait plus son sexe du regard et s'imaginait pouvoir le goûter. Kriss lui fit un petit signe de la main que Dorian interpréta comme une invitation à le sucer. C'était sa première fois, il était mal à l'aise, mais l'excitation était plus forte que tout. Il prit le sexe dans sa main et approcha son visage doucement tout en ouvrant la bouche. Il prit le bout du gland entre ses lèvres et passa sa langue sur le frein. Sa bite avait un goût charnel, un goût unique qu'il découvrait avec bonheur. Il la prit un peu plus dans sa bouche et Kriss poussa un long soupir de plaisir. Kriss était assis, Dorian à côté, la tête penchée sur son sexe qu'il commençait à sucer de plus en plus avidement. Sa langue parcourait sa peau douce, et l'odeur de ses couilles le stimulait comme rien auparavant. Il se retira pour le branler un peu. Dans son pantalon, il pouvait sentir son sexe dur. Kriss passa une main dans ses cheveux et l'invita à le reprendre en bouche. Dorian le reprit et de sa langue, il humidifia sa queue rigide.

Il se redressa et retira à son tour son pantalon, son sexe était gonflé et Kriss jubila de voir cette bite qu'il mourait d'envie de sucer à son tour. Toujours assis, il fit pivoter Dorian face à lui pour que son sexe soit à la hauteur de sa bouche, et il commença à le sucer sans ménagement. Il allait et venait d'un bout à l'autre de sa queue pour sentir ses veines se gonfler. Dorian agrippa sa tête pour tenter de maîtriser ses mouvements de bouche qui auraient pu le faire jouir trop vite. Kriss finit par ralentir, puis se retira et lui dit :

— Viens, suis-moi, on ne va pas rester sur le canapé, on mérite mieux.

Il l'invita à le suivre dans sa chambre où tous les deux s'allongèrent sur le lit. Kriss demanda à Dorian de retirer sa chemise. Il s'approcha de lui et passa une main sur son torse. Il approcha sa bouche de son téton et commença à l'embrasser. Il passa sa langue tout autour avant de venir le titiller. Dorian, surpris par ces sensations, avait du mal à contenir son excitation et continuait à se masturber. La main de Kriss se posa sur la sienne et il accompagna le mouvement de va-et-vient jusqu'à ce que Dorian retire la sienne et le laisse totalement le branler. Il approcha son visage du sien et l'embrassa avec tendresse. Une délicatesse de la bouche qui va toujours droit au cœur. Dorian lui répondit avec fougue, de ses lèvres qui cherchaient sa langue. Kriss le fit rouler sur le ventre tout en caressant ses fesses qu'il voulait croquer depuis longtemps. Dorian se laissait faire. Il titubait de plaisir, hallucinait d'excitation et était la proie consentante d'une créature perverse. Kriss lui fit relever un peu le bassin pour qu'il puisse lui écarter plus facilement les fesses. Il y passa sa langue et Dorian, qui avait fermé les yeux, souffla de plaisir. C'était une partie de son corps qu'il n'avait jamais explorée, mais avec lui, il se sentait en confiance. Il était prêt à prendre ce risque, à faire ce premier pas. Kriss caressait de sa langue habile son rectum qui se contractait sous le plaisir.

Il se redressa et attrapa sur la table de nuit un tube de lubrifiant. Il en versa sur le rectum de Dorian puis en prit dans sa main avant de l'étaler sur sa queue en se branlant. Il approcha son gland et commença à se frotter. Dorian sentait son anus se dilater sans qu'il n'y puisse rien. Le sexe de Kriss faisait pression jusqu'à ce qu'il commence à le pénétrer. Il se dilata un peu plus, aspirant son sexe plus profondément. Dorian laissa échapper un gémissement de douleur et de plaisir à la fois. Il ne pensait plus à rien, à rien d'autre que cette bite qu'il sentait au fond de lui. Ce sexe qui le prenait avec autant de douceur que de sévérité et s'enfonçait en lui sans s'arrêter. Kriss commença à aller et venir en lui tout en le maintenant par la taille. Le lubrifiant coulait le long de ses couilles. Ses cris étaient de plus en plus forts sous les assauts répétés de ce sexe si dur. Kriss le fit pivoter et l'installa sur le dos. Il écarta ses cuisses, puis ses fesses, et approcha son sexe de son anus. Il le regardait avec désir dans cette position où il était totalement offert à lui. Kriss le pénétra doucement, le faisant tressaillir de douleur et de plaisir. Il reprit ses va-et-vient, les mains sur les cuisses pour maintenir ses jambes repliées le long de son corps. Le visage de Dorian s'était crispé sous les assauts répétés de Kriss qui était si excité qu'il commençait à perdre pied. Il ralentit cependant, offrant un bref répit à Dorian qui découvrait un plaisir nouveau et inarrêtable. Il sentait ce sexe le pénétrer, le remplir, être en lui et lui apporter ces frissons de jouissance qu'on ne peut ressentir que comme cela. Kriss se pencha en avant et l'embrassa tendrement. Son baiser semblait lui dire : « Je t'ai compris, tout va bien, je me sens connecté à toi ». Puis, il se redressa tout en reprenant les mouvements de son sexe.

Dorian fut soudain traversé d'une onde puissante qui relâcha toutes les tensions de son corps, un faisceau qui le traversait de part en part jusqu'au bout de son sexe qui éjacula avec force. Le sperme coula sur son ventre sous le regard émerveillé de

Kriss qui était toujours en lui. La sensation qui allait de son anus jusqu'au bout de sa queue lui fit presque perdre conscience. Kriss continua ses va-et-vient, malgré les spasmes qui parcouraient le corps de Dorian jusqu'à sentir son sexe se tendre. Une sensation de poids sur les tempes et le corps qui se contracte comme un ressort prêt à imploser. Le sperme gicla de son sexe et remplit le cul de Dorian dans une explosion d'endorphines qui, en un claquement de doigts, détendent tous les muscles de son corps. Il poussa un grognement, contraint par la douleur qu'induisait le plaisir. Il extirpa sa queue pleine de sperme et tous deux s'affalèrent côte à côte.

Il existe un romantisme pudique entre les hommes qui, dans le sexe, s'offrent des bouquets de fleurs. Pas de longs discours ou de phrases tendres, la simplicité des caresses qui éclaboussent le cœur et pénètrent l'âme.

Ni l'un ni l'autre ne parlèrent, mais ils se retrouvèrent dans un éclat de rire.

*

Le plus dangereux quand on est infidèle, ce n'est pas l'acte sexuel en lui-même, c'est quand le cœur tangue un peu trop jusqu'au point de chavirer.

Dorian avait pensé à lui toute la semaine et à sa queue. Le soir, à la maison, il restait silencieux et en retrait, et Mathilde avait la sensation de ne plus reconnaître l'homme qu'elle aimait. La colère avait laissé la place à l'isolement, et ni elle ni lui n'essayaient de retrouver la connexion qu'ils avaient perdue. Dorian acceptait sa vie telle qu'elle était et envoyait secrètement des textos à ce mec qu'il avait parfois envie d'appeler « son mec ».

Mathilde n'était pourtant pas prête à accepter l'échec de son couple sans s'être battue, et après une semaine passée à s'éloigner, il était temps qu'ils se retrouvent. Elle lui proposa de sortir au restaurant. Au début, il n'avait pas été très emballé, mais elle avait su le convaincre. Il fallait qu'ils aient une discussion, qu'ils comprennent ce qui n'allait pas et qu'ils cherchent une solution. C'était en tout cas ce que Mathilde avait imaginé pour cette soirée.

Le restaurant était dans une petite rue piétonne et proposait des spécialités régionales.

Ils étaient assis à une table à l'abri des regards indiscrets et Mathilde tenta de lui envoyer un appel à l'aide.

— Tu ne trouves pas qu'on n'a pas ri ensemble depuis longtemps ?

— C'est vrai, répondit-il. En ce moment, quand on se voit le soir, l'ambiance est morose. Je sais bien que quelque chose ne va pas.

— Je sais que tu t'en rends compte aussi, mais on ne parle plus, on ne se dit plus rien. On devrait peut-être essayer de comprendre pourquoi. Je t'aime et je tiens vraiment à toi. J'ai envie que notre couple s'en sorte.

Dorian resta silencieux, fuyant du regard sa femme qui l'implorait. Elle lui demanda :

— Pourquoi tu ne me dis rien ? Tu n'as pas envie qu'on s'en sorte ? Tu ne veux pas que ça aille mieux entre nous ? Il y a un souci ?

Le cœur de Dorian était sur le point d'exploser dans sa poitrine. Il avait passé une semaine étrange où ses pensées étaient obnubilées par un homme avec qui il avait couché. Son regard croisa celui de Mathilde.

— Il faut que je t'avoue quelque chose, j'ai rencontré quelqu'un.

Mathilde resta sans voix, les yeux vides, ébranlée par la rudesse du choc. Elle tenta de se reprendre et bégaya :

— C'est une femme que je connais ? Une collègue de travail ?

Dorian hésita un court instant puis reprit.

— C'est un homme…

Ses paroles restèrent en suspens. Autour de Mathilde, le restaurant avait disparu, son monde s'effondrait, perdue dans l'incompréhension d'une chose qu'elle n'aurait jamais pu imaginer. Elle tenta de rester digne.

— Et ça fait longtemps ?

— On a couché une fois ensemble.

— Je… je ne savais pas que t'aimais les hommes.

— Je sais pas, je ne comprends pas ce qui m'arrive, à vrai dire. Je suis désolé, vraiment, parce qu'en ce moment, je suis totalement perdu. Je sais pas ce qui m'a pris, j'ai l'impression que je me suis laissé faire, que les choses se sont mises en place sans moi et qu'au final, ça m'allait bien comme ça. Je t'assure que je ne voulais pas te tromper.

— Pourtant, c'est ce que tu as fait, répondit-elle en cherchant à retrouver de l'assurance. Et c'est qui ?

— Un mec que j'ai rencontré dans un bar du centre. Il s'appelle Kriss.

— Et donc, toi et moi, c'est fini ? C'est ça que tu voulais me dire ? T'es gay en fait ?

— Non, c'est arrivé comme ça, mais je n'ai pas envie qu'on se quitte. Je suis paumé.

— Tu comptais me mentir encore pendant

combien de temps ?

— Je ne voulais pas te mentir…

— Et donc, quand je te dis non à la maison, toi, tu t'en vas et tu vas baiser un mec.

Sous le coup de l'énervement, elle renversa maladroitement son verre qui se répandit sur la table. Un serveur vint à leur rescousse pour éponger le liquide. Quand il fut parti, Mathilde reprit :

— Donc, depuis toutes ces années, t'aimes les hommes et pourtant, toi et moi, on s'est mariés ?

— Non pas du tout, c'est la première fois, je n'y avais jamais pensé avant. Je ne t'ai pas menti, chérie.

— Ne m'appelle pas comme ça.

— Je sais que ce que j'ai fait est mal, je ne dis pas le contraire, mais je ne suis pas gay.

— Non, c'est vrai, tu n'es pas gay, tu es infidèle. Je ne sais même plus si je dois en rire ou en pleurer. Mais de toute façon, on va devoir faire quelque chose, Dorian. La situation telle qu'elle est à présent, ça ne peut pas continuer.

— Tu veux qu'on se sépare ? lui demanda-t-il avec appréhension.

— Je ne veux plus rien, je veux que tu me dises la vérité et que les choses soient simples. Moi, je voulais juste qu'on essaie de nouvelles choses ensemble. Je voulais autre chose qu'un coup de bite vite fait, c'est pour ça que tu ne me voyais pas plus motivée que ça, et toi, pendant ce temps, t'allais te faire baiser par un mec. Comment veux-tu que je reste avec toi après tout ça ? Je ne vais pas attendre que tu me fasses ton coming-out et que tu me laisses sur le côté. T'as pas le droit de me faire ça.

— Mais, ma chérie, je ne veux pas te laisser, je ne veux pas qu'on se sépare, ce mec-là, c'est rien, ce mec-là va pas nous séparer.

— J'en sais rien, je ne sais plus qui tu es, Dorian.

— Je suis ton mari et tu dois me laisser une deuxième chance. Je vais tout envoyer chier, je ne veux pas qu'on se sépare. Pas après tout ce qu'on a vécu, pas après tout ça.

— Mais Dorian, comment je fais, moi ? Je dois te pardonner sur l'instant ? Mets-toi un peu à ma place ! C'est moi qui suis perdue maintenant. On va faire quoi, toi et moi ?

*

Ils pénétrèrent tous les deux dans le bar au-dessus de l'entrée duquel flottait fièrement un drapeau arc-en-ciel. À l'intérieur, la musique était forte autant que les rires et l'alcool qui était servi en shooter. Mathilde, les yeux ébahis, suivait Dorian qui se fraya un chemin jusqu'à une table.

— Voilà, tu voulais voir, eh bien, on y est.

— L'ambiance est géniale ! J'adore cet endroit. Le restaurant n'avait été que le préliminaire de leur soirée et Mathilde se réjouissait de sortir de sa routine et de découvrir un lieu où elle n'aurait jamais pensé aller auparavant.

Autour d'elle, des hommes qui s'amusaient, rigolaient et se cherchaient pour son plus grand bonheur. Elle n'attirait pas les regards, et pour une fois, elle pouvait être naturelle, dans cet endroit où Dorian était la proie.

— Allez, chéri, quitte à ce que tout parte en sucette, autant y aller jusqu'au bout. On commande des verres ? J'ai bien envie d'une Ciroc pomme.

Dorian était mal à l'aise et ne savait plus comment réagir vis-à-vis de Mathilde. Est-ce qu'elle se moquait de lui ? Elle n'en avait pas l'air. Il décida de la suivre dans cette direction.

— Tu as raison, profitons de la soirée, je vais chercher ça au bar.

Il passa commande au bar où un homme se colla à lui.

— Ça va, beau gosse ? Tu viens ici et tu ne me préviens même pas ?

Il tourna la tête et vit le visage de Kriss qui lui souriait.

Dorian devint blafard. Il savait qu'il risquait de le croiser en venant dans ce bar, mais il avait prié sur le chemin pour que cela n'arrive pas. Il faut croire qu'il avait été entendu, mais que l'univers avait plutôt choisi de le mettre au pied du mur.

— Salut Kriss… Je suis avec ma femme, en fait… on a…

— Ta femme ? Mais c'est super ça ! Tu me la présentes ? Elle est où ?

Il se retourna et aperçut Mathilde assise un peu plus loin qui les regardait. Elle avait suivi la scène et observait Kriss avec insistance. Dorian récupéra sa commande et tous les deux la rejoignirent.

— Tu dois être Mathilde ? Je m'appelle Kriss.

Elle aurait dû être en colère, mais elle le trouva beau. Elle se demandait comment son mari avait pu se taper un mec aussi canon.

— Bonsoir Kriss, mais je sais qui tu es.

— Ah oui ?

Kriss se retourna vers Dorian, l'air inquisiteur.

— Tu lui as parlé de moi ? En bien, j'espère ?

— Oui, je lui ai tout raconté.

Il en fallait plus à Kriss pour être désarçonné et même si Dorian et Mathilde étaient mariés, il ne sacralisait pas la relation maritale.

— Alors, tu lui as dit quoi, précisément ? Est-ce qu'au moins tu lui as dit que je suçais bien ?

— Non, je…

Mathilde rebondit.

— Ah bon ? Tu suces bien ? Je suis sûre que je suce mieux que toi.

Kriss la regardait avec surprise et admiration.

— Tu ne m'avais pas dit que ta femme était une bad bitch de qualité !

Dorian assistait à cette scène irréelle sans vraiment comprendre ce qui se passait. Mathilde reprit :

— En attendant, t'as quand même baisé avec mon mari dans mon dos. La prochaine fois, merci de m'inviter que je regarde.

— Mais t'es pire que ce que je croyais, dis donc,

répondit Kriss.

— Et tu croyais quoi ? Je suis capable du meilleur comme du pire, mais pour le pire, je suis la meilleure.

*

La clé tourna dans la serrure et Dorian ouvrit la porte. Mathilde et Kriss le suivirent à l'intérieur. Il était tard dans la nuit et la soirée avait été arrosée. Les explications qu'attendait Mathilde avaient été remplacées par de la musique techno, des hommes en sportswear, des crop-tops moulants, son mari gêné et un homo tellement sexy qu'elle avait eu envie d'essayer de le ramener à l'hétérosexualité. À défaut, elle avait proposé d'aller prendre le dernier verre chez eux. Tous les trois savaient qu'ils avaient déjà assez bu, qu'ils ne discuteraient pas jusqu'au bout de la nuit et que les préservatifs de la table de nuit allaient être utiles jusqu'au lever du soleil.

Dorian ferma la porte derrière lui et en se retournant, il fit face à Kriss qui le prit par le cou et l'embrassa avec fougue. Mathilde qui peinait à retirer son manteau sentit l'excitation monter en elle dès qu'elle les vit. Kriss était beau et extrêmement sexuel, et même si elle ne l'intéressait pas, elle savait que son fantasme était à portée de main.

Ils se dirigèrent vers le salon et prirent place dans le canapé. Dorian était au centre, Kriss et Mathilde de chaque côté. Elle tourna son visage vers lui et lécha ses lèvres lentement pendant que Kriss se déshabillait pour ne laisser que son boxer. Il les regarda s'embrasser avec tendresse et commença à caresser son sexe qui n'en pouvait plus de prendre du plaisir. La main de Dorian s'aventura sur le torse de Kriss, puis rapidement descendit jusqu'à son entrejambe. Sa main pouvait sentir à travers le coton du sous-vêtement son sexe maintenant dur.

Kriss ne put se retenir, sortit à moitié son gland et commença à se caresser. Il se branla doucement tout en se délectant du spectacle de Dorian et de sa femme.

Mathilde avait commencé à déboutonner le pantalon de Dorian, qui l'aida en finissant de le retirer. Elle glissa sur le tapis face à lui et approcha ses lèvres de sa queue dressée. Elle la prit délicatement en bouche et commença à caresser le gland avec sa langue, puis elle l'enveloppa tout entière, salivant plus pour qu'elle s'enfonce davantage. Elle attrapa de la main droite le sexe de Kriss et commença à le branler. Il était large et extrêmement doux. Entièrement épilé, elle pouvait sentir sous ses doigts la douceur de la peau de ses testicules. Elle allait et venait, tout en restant concentrée sur la queue de Dorian qu'elle dévorait de ses lèvres gourmandes. Dorian tourna la tête vers Kriss qui se jeta sur sa bouche. Sa langue lécha ses lèvres qui s'entrouvrirent. Il y introduisit sa langue qui se mêla à celle de Kriss. Dorian ferma les yeux, submergé par le plaisir. Mathilde, qui ne lâchait plus son sexe, et Kriss, qui avalait ses lèvres avec passion.

Kriss se mit debout sur le canapé pour venir présenter son sexe près de la bouche de Dorian qui le regardait avec envie. Il ne savait pas pourquoi, mais il voulait le mettre dans sa bouche, il voulait le sentir en lui, en être rempli. Ses lèvres s'entrouvrirent et il l'introduisit dans sa bouche. Il avait un goût délicieux et la seule pensée de l'avoir dans sa bouche excitait Dorian.

Mathilde se releva et vint se rasseoir sur le canapé à côté de son mari. Elle attrapa le sexe de Kriss et le retira de la bouche de Dorian. Tout en le masturbant, elle leva les yeux vers lui.

— Alors, est-ce qu'il suce bien, mon mari ?

Sa voix était tout aussi joueuse que malicieuse. Kriss ne s'y trompa pas.

— Oui, il a une bouche à pipe, on verra qui de vous deux suce le mieux.

Mathilde s'en amusa.

— J'ai envie de te voir sucer mon mari.

Ses yeux étaient remplis d'une perversion que Dorian n'aurait jamais soupçonnée. Sa femme avait toujours aimé le sexe, mais cette nuit, il la découvrait sous un nouveau visage. Mathilde avait le cerveau sur le point d'exploser. Dans ce savant mélange d'endorphines, d'alcool et d'adrénaline, elle ne savait plus distinguer le fantasme de la réalité. Elle semblait dans un état de transe lui permettant de réaliser toutes ses envies les plus animales.

Kriss se retira de la bouche de Dorian et le fit allonger sur le canapé. Il écarta ses cuisses pour pouvoir admirer son sexe gonflé, dont les veines saillantes trahissaient l'excitation. Kriss vint s'allonger dans le prolongement et approcha son visage de cette queue qu'il n'avait pas encore pu sucer.

Mathilde, debout à côté de Dorian, le regardait avec désir. Elle hésitait à céder à cette envie soudaine. Elle ne résista pas longtemps et vint s'agenouiller sur le visage de Dorian. Elle vint déposer son sexe sur les lèvres de son mari qui commença à les lécher. Elle soupira de plaisir au contact de cette langue douce qui la parcourait avec douceur. Il caressait ses lèvres de la pointe de sa langue avant de s'écraser de toute sa largeur puis de venir s'enfoncer en elle. Il la goûtait avec passion, se délectant de son goût. Sa respiration était saccadée et elle ne prêta pas attention à Kriss dans son dos qui s'affairait sur le sexe de Dorian. Il l'avait pris en bouche et le suçait avec ferveur. Il allait et venait le long de sa queue en poussant des grognements sourds. Sa langue enveloppait son membre avant qu'il ne l'aspire avec force. Il l'attrapa pour le branler en même temps.

Il aspirait le bout du gland, il serrait avec vigueur, puis allait et venait à plusieurs reprises. Dorian pouvait sentir des frissons parcourir le bas de son corps, mais il restait concentré sur le sexe de sa femme qu'il tenait sur le bout de sa langue.

Kriss léchait la verge de Dorian avec application.

Sa langue s'appliquait dans sa longueur avant qu'il ne vienne s'attarder sur ses couilles. Il les léchait, les aspirait, puis les léchait encore. Il voulait explorer toutes les parties de ce corps, il voulait goûter chaque centimètre de sa peau.

Il s'arracha à la bite de Dorian pour installer Mathilde à quatre pattes sur le canapé et invita son mari à la prendre en levrette. Dorian regardait ce cul offert à lui et passa sa main sur l'entrejambe de Mathilde qui était trempé. Il attrapa son sexe, puis vint le présenter au bord de ses lèvres. Il pénétra en elle avec facilité et commença à lui donner de légers coups de reins. Kriss s'était assis de l'autre côté et le visage de Mathilde se retrouvait désormais au-dessus de son sexe. Sa bouche était ouverte, elle respirait avec force sous les coups de reins de son mari qui n'avait pas attendu pour la prendre. Elle jeta un coup d'œil rapide à Kriss, puis elle prit sa queue dans sa bouche. Kriss souffla à son tour, avide de se faire sucer par n'importe quelle bouche qui en aurait la gourmandise.

Dorian posa ses mains sur les hanches de Mathilde pour appuyer un peu plus ses mouvements de bassin. Il la pénétrait profondément.

— Plus fort ! dit-elle en fermant les yeux. Vas-y, baise-moi !

Puis, elle reprit le sexe de Kriss dans sa bouche, ne pouvant plus que laisser échapper des marmonnements. Il était large et remplissait toute sa bouche. Elle essayait d'aller le plus loin possible sans pour autant se retrouver sur le point de vomir. Dorian ne ralentissait pas. Mathilde sentait ses couilles s'écraser contre elle, et le bas de son ventre venir taper ses fesses. Elle aimait le bruit de claquement, elle aimait que les choses deviennent plus rudes, plus animales, et pourtant, elle n'avait jamais osé le lui dire. Elle n'avait jamais avoué qu'elle voulait se faire prendre tout en suçant un autre sexe. Kriss regardait Dorian à moitié à genoux derrière Mathilde, le corps en tension, les muscles bandés. Des gouttes de sueur perlaient sur son visage pendant qu'il allait et venait sans s'arrêter. Elle avait de plus en plus de mal à retenir ses cris, sa voix résonnait dans le salon et malgré l'heure tardive, elle ne chercha pas à se retenir. Le plaisir est souvent désinvolte et Mathilde retrouvait une certaine insouciance dans cet acte aux frontières de ses fantasmes. Dorian était si acharné que Mathilde sentait qu'elle pouvait jouir à n'importe quel instant. Elle suçait Kriss, puis s'arrêtait par peur de s'étouffer. Elle respirait avec force, croyait que l'orgasme allait arriver et elle reprenait la queue gonflée dans sa bouche qui l'étouffait à nouveau. Elle se redressa et Dorian se retira de son sexe. Elle était trempée, mais ce n'était pas assez pour elle. Elle se mit à caresser son clitoris avec entrain, concentrée sur un autre orgasme qui arrivait de beaucoup plus loin. Elle ne savait pas si elle allait jouir ou uriner, mais une sensation soudaine la prit par surprise et elle se mit à squirter avec force pendant qu'elle continuait à se caresser. Elle laissa échapper un cri aigu qui déchira le silence de la nuit. Tout son corps tremblait sous l'effet de cette nouvelle sensation. C'était une expérience incroyable qu'elle était en train de vivre et grâce à laquelle chaque cellule de son corps semblait sur le point d'exploser. Kriss la regarda avec un sourire plein de douceur. Elle était belle en train de jouir. Dorian lui caressait le dos. Ses mains étaient douces et chaudes, mais le contact de sa peau la faisait frissonner. Peut-être était-ce l'orgasme ou le besoin de sucer à nouveau. Elle se laissa tomber assise sur le canapé entre Kriss et Dorian qui l'entouraient de leur sexe dur. Presque debout sur le canapé, ils s'approchèrent de son visage. Leur sexe de chaque côté, Mathilde se jeta à nouveau sur le sexe de Dorian et le suça vigoureusement tout en le masturbant. Elle laissa échapper des soupirs de contentement en l'insérant le plus loin possible dans sa bouche.

Dorian essayait de maîtriser le plaisir qu'il ressentait tout en regardant avec envie la queue de Kriss. Mathilde, qui le suçait déjà, ne pouvait la prendre dans sa bouche, alors il se jeta dessus et se pencha pour commencer à la sucer. Il ne pouvait pas rester ainsi, il fallait que son sexe soit sucé. Kriss souffla. Le plaisir était si fort qu'il aurait pu jouir, mais il se retint. Dorian était totalement transporté. Les sensations qui s'étaient emparées de lui faisaient littéralement exploser ses sens. Le sexe de Kriss s'enfonça en lui. Sa salive glissait le long du membre dur et gonflé qu'il n'avait de cesse d'avaler encore et encore. Mathilde, quant à elle, était inarrêtable. Elle aspirait avec force le sexe de Dorian tout en se caressant.

Kriss aurait bien imaginé jouir ainsi, mais il en voulait plus. Il voulait sentir Dorian en lui, il voulait être pris.

— J'ai envie que tu me baises. Assieds-toi sur le canapé, Dorian. Montre-moi ta queue bien dure.

Dorian s'exécuta et se branla un peu pour conserver la rigidité de son sexe qui était prêt à être utilisé. Kriss écarta les jambes de chaque côté de Dorian et vint positionner son anus au-dessus de son gland. Mathilde, à genoux devant ce sexe qui cherchait à pénétrer le cul de Kriss, s'en empara pour mieux le guider. Kriss poussa un gémissement de plaisir. Le gland de Dorian caressait son rectum qui se dilatait avec facilité. Mathilde fit de petits mouvements circulaires avec le sexe de Dorian pour stimuler son anus à se dilater. Kriss plia un peu ses jambes pour venir insérer en lui le sexe que Mathilde tenait fermement, puis, par effet d'aspiration, il laissa s'engouffrer quelques centimètres de plus.

Mathilde était fascinée par le spectacle qui s'offrait à elle. Son mari était en train de sodomiser un autre homme devant elle, et toute la tendresse qui se dégageait de cette scène ne pouvait que la rendre encore plus amoureuse. Il était beau, le visage perdu dans ses émotions. Il ne savait pas s'il devait accentuer son mouvement ou se retenir. Il cherchait le regard de Kriss qui avait disparu dans le vague. Mathilde était touchée par le plaisir qu'était en train de prendre Kriss et elle s'assit à côté. Elle approcha sa bouche et se mit à le sucer alors que son mari continuait de le pénétrer. Un tourbillon d'endorphines bouillonnait en lui, et Kriss n'aurait pas imaginé meilleur dénouement pour cette soirée. La queue de Dorian dans son cul pendant que sa femme le suçait jusqu'à ce qu'il jouisse. Il était cette créature sexuelle qui ne cherchait que la jouissance, cet animal sensuel qui éjaculait au visage autant qu'il avalait le sperme de son partenaire. Il était l'arrogance dans le plaisir, le seul lien qui pouvait rendre à Mathilde et Dorian une bonne raison de rester ensemble.

Elle commença à le branler encore, allant de plus en plus vite.

— T'arrête pas, continue, je sens que je vais jouir comme ça, dit-il en tentant de maîtriser sa voix.

Dorian continuait de le pénétrer aussi loin que possible sans lui faire mal. Son cul était maintenant empalé sur lui, sans aucun moyen qu'on ne l'en retire. Kriss aurait pu perdre connaissance s'il n'avait pas déjà vécu une sodomie aussi intense. Ses yeux roulaient dans ses orbites et ses pieds se contractaient. Mathilde n'avait pas relâché la pression et l'avait repris dans sa bouche pour le lécher et l'emmener aussi loin qu'elle le pourrait. Elle se recula et ouvrit la bouche. Kriss jouit avec force, laissant un épais flot de sperme venir éclabousser la bouche et le visage de Mathilde qui avait totalement perdu pied avec la réalité. Elle était désormais une petite chienne sexuelle qui voulait avaler le sperme de cet homme qu'elle n'avait encore jamais vu en début de soirée. Le sperme coulait le long de son membre et Mathilde vint le lécher avec gourmandise. Kriss émit un grognement rauque accompagné d'un long souffle. Il avait joui avec force et le sexe de Dorian toujours en lui n'avait de cesse de lui offrir encore et toujours plus de plaisir.

Il fallut quelques secondes à Kriss pour reprendre son souffle, mais le sexe de Dorian, lui, n'en pouvait plus. Il se retira et Dorian commença à se masturber dans un mouvement de va-et-vient rapide. Sa respiration s'était accélérée et son regard s'était fixé sur son sexe qui était prêt à lâcher toute sa semence. Mathilde approcha son visage de la verge gonflée. Il était encore recouvert du sperme de Kriss. Elle ouvrit la bouche et, dans un râle qu'elle n'avait jamais entendu, il jouit avec force. Le sperme gicla dans sa bouche, elle pouvait sentir son goût qui se mélangeait avec celui de Kriss. Elle l'avala avant de le prendre encore et continua à l'aspirer jusqu'à ce qu'il soit totalement vidé. Dorian était transporté, dans un état où il n'arrivait plus à discerner la réalité de ce qui était en train de lui arriver.

Tous les trois restèrent affalés sur le canapé, ébahis et heureux d'une telle expérience. Kriss, entre deux soupirs, se racla la gorge.

— Je retire ce que j'ai dit, Mathilde, t'es une sacrée suceuse. Je ne t'imaginais pas comme ça.

— Je prends ça pour un compliment, dit-elle en

léchant du bout de la langue le sperme qui avait coulé de sa joue jusqu'à la commissure des lèvres.

Mathilde n'aurait jamais imaginé qu'être trompée par son mari se terminerait ainsi. Il n'était plus son amant, mais leur amant, et le plaisir qu'elle avait ressenti avait remis à l'équilibre leur relation. Kriss avait joui d'elle comme de lui et son cœur qui se trouvait dans sa verge aurait pu tomber amoureux. Le soleil se levait timidement et les premiers rayons pénétrèrent dans le salon. Mathilde et Dorian ne s'étaient jamais sentis aussi proches et complices que ce matin-là. Désormais, leur couple serait lié à jamais, par l'amour, mais aussi par ce secret.

9 782958 565770